빈집에서 겨울나기

시작시인선 0497 빈집에서 겨울나기

1판 1쇄 펴낸날 2024년 2월 16일
지은이 전은주
펴낸이 이재무
기획위원 김춘식, 유성호, 이형권, 임지연, 차성환, 홍용희
책임편집 박예솔
편집디자인 민성돈, 김지웅, 정영아
펴낸곳 (주)천년의시작
등록번호 제301-2012-033호
등록일자 2006년 1월 10일
주소 (03132) 서울시 종로구 삼일대로32길 36 운현신화타워 502호
전화 02-723-8668
팩스 02-723-8630
블로그 blog.naver.com/poemsijak
이메일 poemsijak@hanmail.net

ⓒ전은주, 2024, printed in Seoul, Korea

ISBN 978-89-6021-754-6 04810
    978-89-6021-069-1 04810(세트)

값 11,000원

빈집에서 겨울나기

전은주

천년의시작

빈집은
왜 빈 채로
거기 있을까?

차 례

시인의 말

제2부 그래도 외롭단다

제3부 사라진 것들을 위해

제1부 칼의 노래

외벽 닦기
—빈집 52

12층 옥상에서
밧줄을 몸에 걸고 내려가면
꿈인 듯 온몸에 소름이 돋는다.
산은 오르기 힘들지만
이건 내리기 두렵다.
높이 오른 만큼
피투성이로 박살 날
추락의 절망!
그때 어떤 비명을 지를까?
그대와 벽을 사이에 둔
외벽을 닦으며
창에 비친
높이만큼 절실한
내 기도를 본다.

돌개바람
―빈집 53

어느 마을에 가도
혼자 잠들지 못하는
빈집이 있다.
세상과 등 돌리고 앉아
슬픔의 심연으로 들어가
기억의 호롱을 켜 놓는다.
세상 시간의 흐름에서 돌아와
무의식의 들판에서 회오리치는
돌개바람만 좇느니!
낯선 것과 만나는 것보다
어둠에 몰래 숨어
혼자 있는 게 더 좋다.
아무 질문도 하지 않고
대답 전혀 듣지 못해도,
선잠에 들어
전생의 빈집으로 들어선다.
가위 꿈에서 헤매다가
절뚝거리며 내게 오는
헐벗은 꿈을 아프게 보느니!
누구한테 물어본 적 없이

흘러가는 것들을 멈춰 세우고
내생에서 부를 노래까지 다 부른다.
새벽마다 문을 닫는 꿈,
담이라도 넘어
내게 돌아오지 않겠니,
돌개바람이여!

터 잡기
—빈집 54

1.
겨울 산은 너무 춥다.
길은 가파르고 어두워
북간도보다 더 외롭다.
볕 잘 들어 포근하고,
눈보라 거칠어져도
떠나지 않아도 되는,
고향의 빈집보다
더 다정한 마을,
어데 없을까?

2.
얼마나 깊이 파야
한겨울에도 얼잖는
우물 팔 수 있을까?
한 바가지만 마셔도
두려움이, 갈증이
이생의 배고픔이 가셔질까?
터를 잡아야 주춧돌을 박고
기둥 위 보를 얹을 텐데!

그렇구나, 그래.
향초 피워 북향에다 절하고
마룻대를 올려
오래 지워지지 않을
그대 이름 적어야지!

꿈꾸는 방
—빈집 55

집을 짓고 싶다.
모든 방문 걸어 잠그면,
복도가 꿈꾸듯 꼬부라지며
수줍게 숨는 골방.
모든 불 다 끈 밤이면
지하실이 스르르 열려
잊은 기억 되살아나는,
그런 집을 짓고 싶다.
외등마저 꺼진 겨울밤
방구들이 절절 끓고
호롱 하나만 밝히면
그대 소식 더 그리워지는 곳!
석 달 열흘 눈이 내려
길이란 길
다 사라지고,
세상의 궂은 인연들이
큰 고개 넘을 생각조차
턱도 없는
그런 곳에 숨은 집,
그대 가면 어이하리!

모든 방마다
그대 노래로 가득 채운
꿈꾸는 그런 집,
짓고 싶다.

장작 패기
—빈집 56

느티나무 큰 그루터기
널 누이고
도끼로 내리친다.
네 정수리 겨냥해
단번에 박살 낼 테다.
잘 가거라!
다신 장송으로 자라지 말고
부디 잡목으로 태어나
비틀어지고 굽게 자라거라!
생전에 꾼 네 꿈의 가지
톱날로 쳐 낼 테니
다시는 고개 빳빳이 세우지도
꿈꾸지도 말거라!
잘릴 때는 그 아픔 참지 말고
도끼질에도 남는 옹어리진 관솔은
아궁이에서 으으 비명으로 내질러라!
그래도 사그라들지 않은
증오가 남았다면
숯으로 소롯이
마지막 증오로 남거라!

아침마다 짓쪼갤 거다.
널 엎어 놓고 네 여린 뒷목
내리칠 거다.

칼의 노래
—빈집 57

마음에 칼을 품으면
부르는 노래가 다 칼이다.
그 칼에 묻은 증오,
더러 그리움으로 바꾼다.
오래 품을수록 애달파
허공부터 먼저 베면
질긴 연緣의 곁줄기만 잘릴 뿐,
누가 함께 슬퍼할까?
마음에 지닌 뜻이 굳세면
침묵도 시이다.
슬픈 시라면 설합에 넣고
기쁜 시라면 연鳶으로 띄우리라!
누가 함께 기뻐할까?
기쁨도 지극하면 고통일 뿐!
마음에 그대가 있다면
내 꿈은 온통 통곡이다.
아무도 말릴 이 없는 한밤,
누가 내 울음소리 듣는다 해도
상처는 보지 못하게 하리라!
창밖에 선 새벽만

가만히 귀 기울일 뿐!
마음에 절망을 담으면
내 기도는 언제나
그대를 향해 던져진다,
칼이여!

팬플룻
—빈집 58

언제였던가?
어느 나라 가객들이
고속도로 휴게소에다
초라한 막을 열고 불던
눈물겹던 노래.
그 가락에 내 아린 마음
메아리처럼 담았다.
기억 능선 따라 쓸쓸하고
가난한 외로움이
청초호 파도처럼 밀려오면
팬플룻의 가락에 담아
그대에게 보낸다.
한 음만 불어도
열리는 기억의 서랍.
시간의 저편에도
이 노래 들렸을까?
바람의 갈피에 실은
그 기도 들렸을까?

산불
—빈집 59

천지 사방이 불타오를 때
나무는 어떤 기도를 할까?
밑둥치부터 불타오를 때
그리운 것 혹 그리워할까?
잔 나무, 잡풀들은
기도할 틈도 없이
이 환난의 불에 휩싸이는데
이 세상 불구덩이에서
나는 지금
어떤 시를 써야 할까?

왕십리 전철역
—빈집 60

저녁 열 시가 지나면

중앙선을 기다리는

무채색 사람들

옷깃에 지친 하루를 숨긴다.

이번이 덕소행이라면

다음 전철까지 기다려야 한다.

객실에서는 모두 눈을 감고

전철의 흔들림에다

저녁의 졸음을 싣는다.

원주로 가는 급행을 만나면

아무리 바빠도 기다려야 한다.

왜 누구도 항의하지 않나요?

그것도 지쳐 버렸어요.

모두 인생의 어둔 터널로

더 빨리 가고 싶었을까?

마스크로 증오를 감추고

재빨리 스치는 급행열차를 본다.

어서 빨리 지나가세요!

다시 전철이 출발하면

잠에 고개를 떨군 이들도

제 하차장은 놓치지 않는다.
북한강 철교를 지나면
옆자리가 비어 깜짝 잠을 깬다.
양수리를 지나면
그래그래, 허리를 비틀며
잠에서 깨어나
양평의 저녁 시간을 궁리한다.
아, 이제야 왔구나!
차들만 모인 장터도 지나
어둑한 시장통 끝머리
구수한 양꼬치 냄새도 나지만
서둘러 집으로 간다.
오늘 밤 생각에다 지을
넓은 마당과 나무가 있는 집.
꽃은 언제 피울까?
비바람은 언제 불게 할까?

사냥꾼
—빈집 61

눈이 쌓인다.
소로 벌써 파묻히고
세상 소식 다 끊긴
바람 거친 정월.
며칠째 쏟아지는 눈발
시간이 두렵게 쌓인다.
으스름 사라진 큰 바위 아래
소리 죽여 매복하면
바람이 지르는 소리 두렵다.
화약을 쟁이고 창날을 세우고
네 목통을 노리는데.
내게 묻지 마라,
왜 너를 죽여야 하냐고!

어부의 노래
—빈집 62

어느 전생 사내였을 적
나는 그저 덤덤한 어부였으리라!
그물 대신 낚시만 던지고
오만한 물고기는 잡지 않았다.
늙어서는 강도 버리고,
산 하나 집 앞에 옮겨
바깥세상 다 가리고
행여 그리움이 다가와도
섶 다리조차 건너지 못하게 했다.
흐린 바람이 마음을 흔들며
낮은음자리표 기억을 불러도
익은 술독은 열지 않았다.
다시는 어부가 되지 않으려
그물도, 낚시도 버리고
기러기 울음 듣다가
그 사연 다 끝나면, 아아
그냥 개울물에
귀를 씻었다!

어허이, 허이
—빈집 63

뒷산 돌밭에
널 묻고 돌아오는데,
먼 까마귀 울음
내 발길을 잡네.
지게를 내려놓고
담배쌈지를 풀며
서녘 하늘 노을 보는데,
목울대 너무 아려
네 돌무덤 흘낏 돌아보네.
잘 가거라, 아가야!
네 몸은 거기 누이고
기억만 지고 가는데도
발길 너무 무겁구나.
어허이!
짓소리 누가 질렀나?
이게 어느 생,
뉘 사연인지?
어허이, 허이!

나는 누구인가?
─빈집 64

묻는 이 사라지고
질문만 허공에 남는다.
어느 날 꿈 바깥으로 간
그리운 동무여!
그대 그렇게 떠나면
난 어찌 사나?
보고 듣는 이도 없는데
아는 너는 누구인가?
어둔 양수凉水의 물살 위를 맴돌던
그 노래도 사라졌느니!
그게 대답이었나?
세월 뒤로 가도 보이지 않는
그리움 없는 허공,
나는 누구인가?

빈집에서 겨울나기
—빈집 65

언제 떠났나요?
세월도 가 버린 빈집,
어둠만 눈 뜬 채 고요하다.
언제 온다고요?
집 안의 모든 가구는 다 삭고
생쥐도 오지 않는다.
이 겨울이 가면 꼭 오세요!
이빨도 갈며 자다가 깨어
꼭 기다릴 거예요.
어둠이 산그늘보다
삼사 년쯤 먼저 가
용한 도둑이 와도
반닫이 아래로 굴러간
그 세월은 찾지 못할 거예요,
언제 왔다구요?
이 겨울을 에서 보내며
기다림에 지친 모든 것,
너무 낡아 주저앉은 것,
모두 아궁이에 앉히고
구들 뜨겁게 군불 지펴

꿈 없는 잠에서 나와

날이 샐 때까지 기다릴 테요.

꽃이 피면 그 향기

빈집을 채울까요?

이 겨울에 얼어 죽은 것들,

그때 다시 살아날 거예요!

꼭 오세요,

그대여!

누가 비를 맞지?
―빈집 66

봄비도 싫다.
우산이나 우비를 걸쳐도
비를 맞으면 진저리가 난다.
신발에 빗물이 스며들고
바짓자락이 젖으면
몸이 먼저
아아, 싫다고 소리친다.
9월, 서울의 비
태풍이 몰아치던 그날
대림동 12번 출구에서
밤을 새운 적도 있었다.
고향의 비는 다감하지만
서울의 비는 늘 날 닦달한다.
맞아라, 맞아!
가을비는 으으, 더 싫다.
목덜미를 타고 속살까지 와
내 인생을 적시려 든다.
그냥 맞으라고?
그렇지! 생각은 두고,
내가 맞는 거지!

쉬잇!
—빈집 67

빠르고 느린 것?
모든 게 저절로
제자리를 찾아간다.
채워진 것도, 빈 것도 없다니?
이름만 있을 뿐,
간 건 간 대로,
온 건 온 대로!
내 슬픔도 그때,
그대 기쁨도 바로 그때!
다시 만날 수 있을까요?
묻지 말고,
쉬잇!

길 따라 가며
—빈집 68

날이 밝거나 해가 져도
같은 날인 줄 안다.
꽃 피고 바람 부는 것도
다 아는 줄 안다.
그대가 하는 말도
술술 다 욀 수 있고
그 답마저 다 아는데
어느 날 바람이 하는 말,
아니, 아니야,
그게 아니야!
그게 아니라고?
밤마다 들리는 두려움
아침마다 뜨는 슬픈 메일은
쓰레기통에 다 버렸다.
자꾸 보이는 입 비틀어진
저 산도적!
어느 날, 눈을 떴는데
어제 핀 꽃도 오늘 새롭고
저 길도 다시 열리며
험상궂은 풍파도 보이누나.

아, 나를 가게 하는 건
언제나 곁에서 들리는 노래!
모르는 길 가며
낯섦과 두려움 가리려
이 작은 호롱만 들었구나!
길이 아득한 건
스스로 들어선 내 삶의 수렁!
길은 언제나
모르는 곳으로 이어져 있나니,
그대의 노래
들은 만큼 그저 들릴 뿐!

액막이연
—빈집 69

손금 풀어 연줄 삼아
센바람에 띄워야지!
그대 이름도 적고
그리움과 원한도 적고
까마득히 솟구칠 적
탁 연줄을 자르면
질긴 업연 끊어질까?
잘 가거라, 잘 가라!
아무 소식 보내지 말고,
꿈자리에 들지도 말거라!
손금 풀려나간 손바닥,
피맺힌 연緣이 쓰라리다.
내 증오여!

제2부 그래도 외롭단다

봄날, 슬픔
—빈집 34

또 왜 왔는지 몰라?
빈 뜰 어느새
봄비 슬쩍 오더니
꽃들이 마당 가득 채웠네.
발길 다 끊겨도
누가 보낸 택배처럼
그게 뉘 소식인지 몰라.
이게 기쁨이라고?
아아, 봄꽃도 반가운 이 없어
꽃끼리 머리 맞대고 우는데,
운다고 그게 슬픔이면
저 소쩍새는 슬픔에 겨워
피 토하고 죽었을 테지!
빈집에 온통 슬픔,
화창한 봄날이여!

그대가 그린 수채화
—빈집 35

수상한 소식들이
생각의 창을 두드리는 깊은 밤
얕은 잠에 발목을 담가도
우울한 꿈이 침상에서 어지럽다.
생각은 늘 헤어지지만
잠 깨어 창을 열고
새 아침을 맞네.
간밤에 누가 그렸나?
산수유꽃이 지워지기 전
홍매화 가지에 맺힌 붉은 웃음
살구나무 싱그러운 연분홍 노래.
봄비는 살갑게 내리는데
그대 언제 갈래요?
봄날 먼저 보내세요!
바람이 비구름 몰고 와
이 봄날 지우려 하네!

이른 봄의 노래
—빈집 36

아침 찬란한 햇빛 아래,
보느니, 보느니!
집 뒤뜰에 밀쳐 둔
곡괭이와 삽을 들고
이른 봄 텃밭을 파 보면
땅 한 뼘 아래 움튼 씨앗.
두 무릎 꼭 껴안고
두 손 깍지 끼고
있느니, 있느니!
그게 씨앗의 기쁨이려니.
이 봄날 그 어린싹이
헛되이 깍지 풀지도,
가는 봄 부여잡지도,
않느니, 않느니!
봄날 아침
이 햇살의 그리움 속에서,
빛나느니, 빛나느니!
그게 이른 봄 빈집의
슬픔과 우울이 함께하는
모든 것들의 기쁨,
되나니, 되나니!

들고양이
―빈집 37

늘 떠돈다.
버림받은 기억도 없고
어둑한 구석과 따스한 체취,
더는 찾을 수 없다.
고향도, 태어난 집도 잊었다.
늘 주린 배를 채워야 하고
밤에도 어둠을 향해 발톱을 세운 채
꿈꾸다 화들짝 몸 웅크릴 뿐,
깊은 잠에 든 적도 없다.
훔치고 싶은 것은 모두 노렸고,
발정의 밤에는 쫓고 쫓기다가
낳은 새끼가 자라면
아무 이름도 지어 주지 않고
얼른 버려야 했다.
낯선 길에서
그 체취 문득 만나면
보고파 가만히
킁킁 더듬는다.

하늘소의 꿈
—빈집 38

고양이 미요가 물어 온
참 쓸쓸하게 살던
7월에 온 하늘소!
분무기 비 맞고
플라스틱 집에서
잊힌 듯 살았다.
햇살 맞으러 나올 적에도
눈 한번 맞춘 적 없고
노래 한번 들려주지 않았다.
가을 햇빛 찬란한 어느 날
나무토막 아래
자는 듯 굳은 널 찾았다.
일 년 넘게 얼마나 외로웠을까?
사과나무 아래 널 묻고
빈집은 버렸다.
너도 꿈이 있었더냐,
하늘소야!

다리를 저는 어둠에게
　─빈집 39

길을 가는 어둠에게
바람이 묻는다.
왜 다리를 저나요?
그렇게 태어났단다.
그 몸으로 어딜 가세요?
그냥 길 따라 갈 뿐!
이 길은 곧 끊겨요.
가면 길은 이어진단다.
언제까지 가야 하나요?
걸을 수 있을 때까지!
걸을 수 없으면 어쩌나요?
눈을 붙여야지!
언제 깨나요?
밤이 오면!
그게 끝인가요?
그게 시작이란다.
끝은 없나요?
아무 대답도 없이
어둠이 떠났다.

그래도 외롭단다
—빈집 40

겨울, 찬란한 아침

봄에 이별한

고양이 비비가 생각나

눈 쌓인 뜰을 보면

찬 땅에 묻은 세월이 그립다.

간밤에 가 버린 잠이

아침에 몰려와

소나무에 쌓인 눈처럼

시간이 우수수 녹아내린다.

삶이 꿈과 환영이듯

내가 번갯불이 되어

졸린다고 자야 하느냐?

화두를 잡으며 눈 감는다.

언제 잠 깬 적 있어?

화두 잡는 꿈,

잠 깨는 꿈

지금도 꾸는구나!

그래도 외롭단다.

그리운 게 없어

더 심심하단다.

고양이를 위하여
—빈집 41

전생의 뜰은 몰라도

바람과 나무들만 아는

이생의 슬픔.

애절하지도, 심심하지도 않은

그대들의 몸짓에다

부질없이 붙였던 이름,

너는 혼자 노닐었겠네!

바람의 갈피에 적힌

슬프지도 즐겁지도 않은

그대 말 못 한 생애?

어떤 생각을 하며

어떻게 살았는지

이제는 잊게,

그대여!

배 띄우기
—빈집 42

초겨울 젖은 바람에 슬퍼하지 말고
그대가 간직한 헛된 죄에 슬퍼하라!
초겨울 산에는 아직 낙엽이
죽은 듯 선 나무에 매달려
그게 슬픔인 듯 나부끼지만
올겨울에는 속지 말고
그대 여린 마음을 보듬어 주게!
해가 진다고 어둠 속에서 방황하지 말고
그대 어둔 마음을
고요 속에 헹궈
나아갈 곳을 향해
다시 노 저어 갈 것!
눈 감은 석상은 무덤 앞에 서 있고
눈 부릅뜬 사천왕은
왜 사람 틈에 서 있는지?
그 까닭 알면 새벽닭이 되겠지!
그러나 울지 말고
홀로 강가에 가
배를 띄워라!

비명 소리
—빈집 43

동트기 전

겨울 바다,

모래바람이 거칠다.

갈 곳 모르는 어린 혼들만

맨발로 자갈 위에 서서,

아, 발 시려워!

날은 아직 새지 않았다.

얘들아, 이제 가야지?

어디로 가야 하나요?

파도 소리만 들리고

아무도 데리러 오지 않는다.

봄이 데리러 오나요?

오자마자 혼자 갈걸?

바람이 속삭인다.

니네들은 계속 비명을 질러!

삼각파도
―빈집 44

동해 바닷가
울부짖는 바다 위를 떠도는
철딱서니 없는
그 파도가 두려웠다.
몹쓸 파도가 늙은 해녀를 채어 간
가을 바다에 번지는 소름 위
거칠게 깔리는 붉은 노을.
삼각파도 타고 간 그 해녀의
신들린 해방,
온몸 비틀며 울던 파도,
그 원한 흘낏 보았다!
그날 이후,
내 가슴에 혼자 몸부림치는
그날 그 파도!

새야, 새야
—빈집 45

그대가 새라면
우리 뜰 모과나무에는
앉지 못하게 하리라!
저 앞산 잣나무 꼭대기에서
한 달 치 긴 울음을 울고,
날개에 묻은 낡은 슬픔
한 주일쯤 푸드드득 털어 냈다면
그때 와서 앉게 하리라!
새벽마다 몰래 앉으려 해도,
돌팔매 던져 내쫓으리라!
밤이 잠보다 먼저
내 뜰로 돌아오면
쉼보다 더 오래 쉬며,
뜬눈으로 밤을 새거나
새벽하늘 수직으로 솟구쳐 올라
두려움의 날개를 편 채
오래 맴돌아도
그냥 혼자 떠돌게 하리라!
그대 헛된
새야, 새야!

겨울이 오면
―빈집 46

겨울이 오기 전

문득 떠난 그대!

밤이면 불쑥 올 것 같아

불도 끄지 않고,

깊은 잠에도 들지 않았다.

자시子時에 일어나 향을 피우고

마음 벌판을 거니노라면

뜰을 가로지르는 발소리.

아아, 문도 두드리지 않고

그냥 가 버리는구나!

곁에 와 앉는

겨울 한기가

찬 손을 어깨에 얹네.

새벽 노래
―빈집 47

잠 속에서 불던 바람도
잠이 깨면 그친다.
생각은 앞개울 따라
얼음장 아래로 흐르는데,
낯선 철새 편에도
소식 한 자 보내지 않네요!
어제 꾸다가 만 꿈에서
몸부림치다 빠진 썰물,
개펄로 남은 새벽에는
기대 한 자락 파닥거린다.
부디 아무 안부도,
바람이 부르는 노래도,
빈집의 흐느낌마저도
전하지 말아요,
헛된 맹세여!

편지
—빈집 48

그대한테 보낸다.
바람 이리 거친 날
어느 세상에서
도요새로 나는지?
이 사연 읽지 못해도
내 편지 개울에다 띄우겠다.
분노는 심해에 가라앉히고,
시린 바람 거친 이 새벽,
이 그리움 전하지 못하면
허공에 던진다.

새벽 새
—빈집 49

새는 자취 남기지 않고
그대 증오는 상처를 남기네.
허공의 자취는 바람이 지워도
이 상처 기억에서 뚜렷하네.
자취 찾는 이 아무도 없는데
새는 잠 깨어
새벽마다 날아오누나!
그대는 어느 하늘
무서운 꿈에서
홀로 헤매느냐?

떠돌이 혼
―빈집 50

밤에 내리는 눈은
늘 슬픈 표정을 짓는다.
마음 푹 놓이는 곳
꼭 가고 싶은 곳
가 본 적 없다는
그대 닮았나?
쌓인 눈에 찍힌
고양이 발자국마다
그대 슬픔이 몰래 얼었구나!
아무도 모르는 그 슬픔
떠돌이 혼으로 와
처마 밑에 서 있는 걸
뉘 알기나 할까?

자객에게
—빈집 51

서툰 자객은 기다린다.
그늘이나 들보 위
벽 뒤나 집 모퉁이
그대가 보이는 틈을 기다려
표창을 던진다.
지혜로운 자객은 안다.
틈은 자신이 만드는 것,
감각도 생각도 지우고
그저 그림자로 비어,
스스로 칼이 되어 베는 것!
그대는 누구인가?

제3부 사라진 것들을 위해

슬픈 풍경
—빈집 19

흐린 날에는
고향 소식도 슬프다.
언년이 할매가 가신 날
철새 몇 마리만 기웃거린다고?
마을 남정네들 몇몇 모여
이른 새벽부터 취해
붉은 깃발을 휘두르던
그 악귀들 몰래 되살리며
죄짓듯 비우는 술잔,
흐린 날의 두려움이
검붉은 취기로 바뀐다.
간밤에 내린 서리가
물받이를 톡톡 두드리며
슬픈 장단으로 할매를 배웅한다.
야들아,
나 그냥 갈란다!

엄마의 귀향
—빈집 20

엄마가 돌아왔다.
집 떠난 지 삼십 년!
서시장으로, 하바롭스크로
한반도 변두리로 떠돌았다.
그곳에 있을 것 같은
아랫목 절절 끓는 집.
두드리기 전에 얼른 나와
어깨 따스히 반기는
그런 식구가 사는 집!
수원으로, 정읍으로, 마산으로
목포에다 작은 집을 꾸려
장난감 같은 차도 샀던
가슴 벅찼던 그 시절,
아아, 그곳도 빈집이었다니!
세월이 덧칠을 벗기고
잠 깨면 뭔가 자꾸 사라졌다.
혼곤히 잠들다 일어난 그 새벽
이불도, 베개도 사라지고
술 취한 채 잠든
산송장 하나!

새벽 한기는 방 안에 차고
그동안 꾼 꿈의 가면들이
어지러이 널린
그곳도 빈집.
뒤돌아보지 않고 떠났다.
가방에 고향만 달랑 담고
떠날 때보다 더 가볍게
할매가 홀로 기다리는
처음으로 돌아왔다.
이젠 제발 떠나지 마,
엄마!

외삼촌
—빈집 21

한쪽 눈이 먼 외삼촌
송이버섯 철이면
깊은 산으로 가
저녁마다 한 짐 지고 돌아왔다.
그해 문득 행장을 꾸려
가리봉동 거기쯤
겨울에도 늘 따스한
그런 집을 찾으러 갔다.
이듬해 대림동 어디쯤
반지하 어둔 골방에서
독주만 빈속에 퍼붓고
밤마다 전화를 걸어
흘러간 노래만 불렀다.
왜 동무 하나 못 사귀었소?
애꾸한테 뉘 마음 열겠나?
눈에 잠긴 공항이 열리자
엄마가 연길로 데려왔다.
고흐의 벌판보다 더 누런
황달로 야위고 꼬부라진
녹슨 대못으로 귀향했다.

한국 거기, 그 어디에도
그런 집은 없더란다.
다시 송이꾼이 된 외삼촌은
애 딸린 여자와 결혼하고도
밤이면 술을 마시고
흘러간 노래만 불렀다.
그날 자정 너머
불길한 전화가 왔는데,
술 취해 자다가
악몽처럼 일어나
장승처럼 덜컥
외삼촌이 갔단다.
어데 새집을 얻어
뉘랑 살려고 떠났소?

바람에게
—빈집 22

다시는 불어오지 말거라!
북간도 벌판 너머
손톱으로 가슴 할퀴던
그 그리움 실어 오지 말거라!
앞산까지 몰래 와
썩은 나무를 쓰러뜨리며
헛되게 몸부림쳐도
우리 뜰에는 오지 말거라!
그대 편지는 읽지 않겠다.
그리움은 설합에 채우고
양걸 같은 야비한 네 몸짓
그냥 두고 보리라.
그 기억 뒷산에다 다 묻었으니,
작년에 떠난 고양이처럼
다시는 돌아오지 말거라!
그래도 혹 애달프면
된바람이 되어
밤 휩쓸다 가거라,
아린 기억이여!

청산리 사람들
—빈집 23

1.

쇠스랑과 죽창을 꼬나들고
김좌진 장군의 군호에 맞춰
왜놈의 멱을 따던
청산리 사람들!
북한강 비낀 가평군 화학골
높이 솟은 잣나무에 올라
장대 끝 쇠갈고리로
멱을 따는 처절한 전투!
이 가을 다 이울도록
무수한 잣을 따지만
고향 잣나무에는 누가 올라
뉘 멱을 딸까?

2.

청산리 배 씨
가을까지 잣을 땄다.
술 취한 겨울
눈발 사납던 그날,
가평 꽃다방에서

내 사랑 애랑愛浪,
그녀를 만났더랬다!
아아, 아무리 애절해도
한 철 번 돈으로는
언감생심,
애랑愛浪을 독차지하지 못한다.
눈 펑펑 내리던 이른 봄
남쪽으로 떠났다.
돈 벌어 다시 오마,
기다려 다오, 내 사랑,
애랑愛浪아!

3.
말수가 적은 박 씨
한 주 내내 잣만 따고
주말 새벽 사라진다.
아편쟁이 되놈처럼
득달같이 경마장으로 가
경주마의 그 힘찬 엉덩이에
번 돈 다 건다.

왜 늘 거길 가는지?
누가 꼬드겼는지?
친한 동무 하나 없어
홀로 경마장으로 간다.
고향에는 그리운 이
혹 남아 있을까?
늙다리 고향 혼자
기다리지는 않는지?

해란아!
—빈집 24

내 친구 해란은
몇 년 뼈 빠지게 돈을 모아,
스페인 안달루시아
지중해가 내려다보이는 언덕 위
하얀 민박집을 열었다.
바다 위로 붉은 노을이 지면
때론 포도주 몇 잔에 취해,
매연 자욱한 연길의
겨울밤이 그리워져
눈물로 얼룩진 엽서를 보낸다.
편지의 끝에는 늘
고향에서 함께 살잔다.
그런데 해란아,
우리 다시
만날 수는 있을까?

할배의 귀향
―빈집 25

50년 만에 고향을 다녀갔다.
기억에도 낯선 바다,
쉬 잠들지 못한 첫날.
쏟아지는 유성을 보며
이유 없이 눈물을 흘렸다.
왜 울었을까?
어린 시절 두만강을 건너다
물살에 떠내려간 누이의
그 짧고 애달픈 비명?
밤바다 파도 소리에
사투리도 되살아나고
고향 마을의 황톳길도 떠올랐다.
이듬해 할배는 눈을 감았다.
고향 바다로 돌아갔을까?
그런데 할배야,
고향이 없는 난
어디로 가야 하나?

아침이 왔다!
—빈집 26

노을이 지친 하루를
고향으로 데려간다.
아기 울음도 들리지 않고,
작은 인기척에 놀라
황급히 불을 끄고 잠드는 마을.
쉬잇, 이제 모두 자야지!
그믐밤의 숨죽인 흐느낌.
잠들지 않아야 들리는
겨울의 잠꼬대.
그래, 잠들지 마!
오래 기다려야
아침 햇살 하나
불끈 솟구칠 거야!
잠에 빠진 이들은
날이 샌 것도 모른다.
아침이 왔다!
어제도 왔던 아침,
올 때마다 새로운 건 알까,
그대여!

잡초 솎기
—빈집 27

잔디밭에서는
들꽃도 잡초이다.
두만강 건너
아픈 다리 쉬어 가던
그 영마루에 핀 제비꽃
여기선 오랑캐일 뿐.
연변 마을에 피던
그리운 무슨들레도
다 뽑아야 한다.
희망의 세 잎,
행운의 네 잎
넝쿨째 파내야 한다.
정원에서는 잔디가 조건이듯
한국에서는
한국인이 조건이다.

사라진 것들을 위해
─빈집 28

문득 잠 깬 새벽,
헛것들이 되살아난다.
발 시린 고향의
낡은 집들 어깨 맞댄 마을,
아버지가 샛강에서 부르던 노래!
이름만 불러도
얼굴 빼꼼 보여 줄 것 같은
연길의 추억,
애달픈 내 사랑!
아아, 재빠르게 도망친다.
빛바랜 액자 속의 풍경,
너무 읽어 사라진 소설의 인물들,
해지고 부서지고 사라져 버린
덧없이 부끄러웠던 꿈!
이제나 저제나 다 그랬다.
이름을 불러도
뒤돌아보는 이 없고
황급히 도망치는 그리운 이름들!
다 어디로 갔나,
어디서 찾아야 하나,

사라진 사랑,

흔적 없는 그대여!

대림동 12번 출구
—빈집 29

화장실이 없는
대림동 반지하 쪽방.
새벽마다 오줌을 참으며,
녹음 파일의 노래 속으로
꿈속처럼 파고든다.
대림역 전철 12번 출구
그 화장실까지
사백 걸음을 가면서도
생각은 언제나
바다의 품으로 달려간다,
사랑이여!

눈 오는 밤
—빈집 30

불 꺼진 계단 아래
술 취한 골목.
가지런히 벗고 잠든
낡은 운동화 위,
굵은 눈발 자꾸 쌓이누나!
어서 일어나요,
여긴 집이 아니에요,
예서 자면 깨어나지 못해요!
차비가 없는 걸까,
집을 잃은 걸까,
어쩌다 예까지 와
나그네로 잠들었을까?
급히 온 다른 취객
목을 놓고 탄식하누나!
집에 간다 해 놓고
왜 여기 누웠니,
예가 집이냐, 이놈아!
굵은 눈발 자꾸
골목을 덮는데,
난 어디로 가야 하나?

바람의 눈물
—빈집 31

참 요망스러워!
이 할배 술만 취하면
대림역 12번 출구에서
그 노래 또 하누만!
웬 처녀 뱃사공이
여기서 노를 젓겠나?
찻길이 두만강 같고
불빛이 강물 같은가 보네?
두만강에 휩쓸려 간
누이가 또 그리운가?
저 꼴 좀 보소,
춤사위 신명 났네그려!
행인들은 모두 웃지만
밤바람이 몰래
눈물 슬쩍 훔친다.

연길 여자
—빈집 32

심정지에서 겨우 깨어났다.
일 년 전
무단히 다리가 부러져
철심을 박았다.
그걸 뽑으려고
아들과 남편은 연길공원 근처
빈 아파트에 두고
혼자 한국으로 왔다.
우린 그를 볼모로
친구가 성명서를 쓰고,
언니가 으름장을 놓자
놀란 원장이 위로금을 내놓았다.
연길 여자는 너무 고마워
거듭 머리를 조아렸다.
그 오백만 원으로 전세에다 보태고
연길 식구들을 불렀다.
뒤에 만난 어떤 변호사는
이천은 받았어야 했단다.
아아, 대한민국!

한밤중
—빈집 33

한국의 밤은 휘황하다.
모든 불빛이
화려한 옷을 걸치고
요염한 밤에도
선글라스를 쓴다.
겨울에도 반팔을 입고
짙은 화장이 너무 취해
모두 활개친다.
고향의 밤은 캄캄하다.
누가 베어 간 코가
두만강으로 흘러가며
검정 물고기로 웅크린다.
독한 배갈을 마셔도
밤바람이 너무 시려
칠흑 길 끝 빈집으로 가며
입이 얼어
노래도 못 부른다.

제4부 시린 강

슬픈 이야기
—빈집 1

사람들은 집을 짓는다.
벽을 세우고 지붕을 얹고
튼튼한 철문을 단다.
어두워지면 몰래 와 잠들고
날이 새면 얼른 떠난다.
집은 언제나
빈 채로 잠겨 있다.
빈집의 그 외로움
뉘 알까?

아버지
—빈집 2

아버지는 양수凉水에서
자주 그물을 던졌다.
새벽부터 잡는
버들치, 돌종개, 모새미치.
하루 종일 물살과 어울렸다.
왼쪽 다리를
심하게 절었지만
강물 속에서는
전혀 절지 않았다.
그런데 아버지,
나는 멀쩡해도
절뚝거리며 산다오.

우울한 밤
—빈집 3

아버지가 돌아오면

촛불이란 촛불 다 켜고

그림자 속으로 들어간다.

동무들과 함께 마셔도

모두 제 설움에 겨울 뿐.

성한 다리 하나로는

함께 뛰지 못해

늘 험상궂게 헤어진다.

나는 아버지를 기다리다가

슬픈 잠으로 들어가

우울한 꿈을 꾼다.

아직 아버지는 돌아오지 않았다.

곧은 낚시
—빈집 4

아버지는,
항암 치료의 절망과 싸우며
연길의 부르하통하에
낚싯대를 내렸다.
고향의 샛강이 그리웠을까?
말기 암의 그 고통을
어찌 강물에다 흘렸을까?
강물 짱짱 언 삼월 초하루
저승의 강에다
곧은 낚시를 던졌다!
뭐가 조급해
그리로 옮겼을까?

밤의 호롱
— 빈집 5

물살처럼 흔들렸던
마을의 시간.
양수凉水에 누워
몸 비틀며 흘러간다.
밤이면 그대들이 켠
호롱들도 이제 꺼지고
그림자 혼자 절뚝거리며
내 꿈속으로 들어온다.
오지 마요, 아버지!
나는 잠에서 깬다.

바람의 이주
—빈집 6

어느 새벽
서울행 비행기를 탔다.
어둠과 침묵이 아닌
그리움이 기다리는 곳!
병실에는 아버지와
작은 난로만 버려두고
겨울이 더 깊기 전
서둘러 떠났다.
겨울바람 타고,
의상義湘처럼
혼자 떠났다.

그해 겨울
—빈집 7

병실의 난로는
아버지 임종을
봄보다 더 기다렸을걸?
이곳 남녘 땅은
북녘 고향보다 더 자주 눈이 오고,
아랫마을 개들이
밤마다 대신 울어 대도
발 시린 그 간병 침대,
다신 가지 않을래!
창문을 열면 다가오는 앞산,
침묵으로 선 소나무여,
네 그림자에
날 좀 숨겨 주게!

삼우제
—빈집 8

삼우제 제수를 들고
할매와 강가로 갔다.
삼월 초사흘 강물은
할매의 통곡보다
더 시리게 흘렀다.
할매는 목놓아 곡하다가
울지 않는 날
모진 년이라 욕하고
다시 서럽게 울었다.
할매야, 나는 그때
아버지와 함께
강물로 흘렀다오!

겨울 바다
―빈집 9

변덕이 저리 심해
궂은 날이면 더 출렁이고
갠 날도 큰 파도 거칠어
가슴 아리게 하는 바다,
불쑥 떠난 아버지!
겨울 바닷가에 서면
파도 위에서 흔들리는
저 빈 배 같은,
홀로 보내 더 슬픈,
빈집!

물독
—빈집 10

    어무이, 끝 집 철수네 아들내미 죽었다오, 아이고 무슨 일이래니, 그 네 살배기가 죽다니! 철수 마누라가 과수원 갔다가 오니 물독에 거꾸로 빠져 있더래요. 아이고, 그게 무슨 일이래니, 지 애비는 뭐 하고 있었다니? 철수 그놈은 지 아들이 물독에 빠진 줄도 모르고 술 취해 자고 있었다오. 아이고야, 철수 그넘이 맨날 술독에 빠져 있더니 일을 쳤네, 애도 애비처럼 물 마시고 죽었구나, 불쌍해서 어쩌노? 그러게 말이오, 아들과 애비가 모두 독에 빠졌네, 이제 그 집은 어찌 되나? 할매야 누가 죽었대? 이 가시내야, 죽긴 누가 죽어? 다 그렇게 사는 거지!

뒷간
—빈집 11

　애비야, 창밖의 저 뻐얼건 기 뭐래니? 어무이, 큰일 났소, 뒷간이 불타고 있소! 할매야, 할매야, 우리 뒷간이 벌써 다 탄 것 같네, 히히! 아이고, 이 계집년아, 얼른 바가지에 물 퍼 나르지 않고, 뭘 하냐? 아이고, 다 탔네, 다 탔네! 어무이 걱정 마소, 다시 지으면 되잖소, 아이고, 이넘아 이 엄동설한에 어찌 땅을 판단 말이니! 담배꽁초를 뒷간에 버리지 말라고 그리 말해 쌓건만 이제 어떡하노? 그러니 처음부터 벽돌로 짓지. 이 동네 나무 뒷간은 우리밖에 없잖소? 아이고 이넘아, 그게 다 돈이지! 할매야, 할매야 눈 온다, 진눈깨비다. 마당에서 똥 누면 엉덩이 시렵겠다, 히히!

낯선 고향
—빈집 12

마을 사람들은
벽장에다 낡은 삶을 감추고
새벽에 몰래 떠났다.
실밥 터진 가방에
말린 송이버섯으로 채우고,
두려움으로 걸머지고
동트기 전에 떠났다.
기차 타고, 배 타고
낯선 고향으로 갔다.
그곳에는 아는 이
그리운 이 하나 없고
듣고픈 사연도 없었더라네!

빈 고향
—빈집 13

빈집을 어데다 숨길까?
지고 갈 수도
묻을 수도 없구나!
옛집 헐었어도
새들이 그 터를 알고,
그 터 팔았어도
쥐들이 그 슬픔 다 안다네!
어데다
빈 고향을 숨길까?
숨기면 더는 그립지 않을까?
노래여,
그대 부르면 잊힐까?

무릎 통증
—빈집 14

장례가 끝난 뒤
무릎 통증이 살아났다.
새벽마다 잠을 깨우는 통증
몸서리치며 잠 깨게 했다.
어느 날 문득 보았다.
아아, 어린 시절
눈 덮인 하굣길에서
절름거리며 다가오던
벌렁 넘어진 그 부끄러움,
참을 수 없던 기억!
절름거리며 걸었던
아픈 세월의 그 수치를,
무릎에다 숨기고
날 벌주고 있었구나,
아버지!

시린 강
―빈집 15

양평에 가면
북한강과 남한강이 만나는
양수兩水가 있어
두 물의 머리끼리 어우러져
한강이 된다는데!
한여름에도 발이 시린
내 고향 양수凉水가 그리우면
양수兩水에 간다.
고향의 양수凉水는
두만강과 만나기도 전
제 설움에 겨워 펑펑 운다.
시리지 않는 울음
어느 세상에 있을까?

꿈과 잠
—빈집 16

양수兩水를 다녀온 날
양수凉水 꿈을 꾼다.
고향집 문어귀에 앉아
아버지를 기다리던
저문 골목길.
화들짝 잠 깨면
웅크린 채 외로운
고향의 빈집.

새로운 고향
—빈집 17

간도에 내리는 눈,
발목까지, 허리까지
자주 파묻힌다.
눈도 못 뜨고
가는 방향도 못 바꾸고,
할배가 가던 곳을 향해
온몸 얼어 터지고
쓰러져도 다시 일어나
고향 쪽으로 갔다.
뉘 알까?
눈발 그쳐 둘러보면
늘 낯선 곳에 가 있어
거기가 고향인 듯 살았다.
봄이 오면 또 떠나고
겨울 눈 녹으면 다시 만나는
새로운 고향아!

그대, 강에게!
—빈집 18

아직 풀리지 않았나?
대답하기도 전에 얼어 버린
고향의 샛강.
한낮에도 제 슬픔으로 언 채
겨울 풍경 속으로
혼자 가 버리더라.
이 추운 밤,
찬바람만 쩡쩡 불어 쌓는
모두 잠든 신새벽,
너는 얼음 아래로 흘러
어디로 가느냐?
아무도 붙잡지 않고
홀로 흐름이 되어
대놓고 울지도 못하고
아직도 흐르고 있다네.
이생의 끝에서 절로 열리는
그 문으로 떠나는,
그대, 강이여!

산문

정감情感이 여는 세계

봄날이다. 초봄의 산은 그들이 지니는 초록의 농담濃淡을 부끄러워하지 않고 자태를 드러낸다. 그걸 부끄러워했다면 나무는 계곡 후미진 곳으로 숨어 넝쿨이 되었을 것이다.

우리 정원의 키 큰 모과나무가 연초록 잎을 피웠다. 나무 꼭대기로, 털갈이를 시작한 꾀꼬리 두 마리가 날아왔다. 뜨르르 뜨윗뜨 뜨룽, 저들만이 아는 이야기에 영산홍 꽃망울이 다투어 터지기 시작한다. 정원의 고요는 아주 미세한 새 잎의 떨림 위에 살며시 내려앉고, 그 파동이 바위 위에 앉아 잠시 그 노래를 듣는 내 감각을 일깨운다. 푸르릉, 그 꾀꼬리가 날아갔다. 그렇게 무심히 날아가는 새에게 어느 시인은, "오는 줄도 모르고 날아오는 새여/ 가는 줄도 모르고 날아가 버리는 새여"라 읊었다. 그 새가 오는 줄도, 가는 줄도 모르는 줄 어찌 알까?

내 감각이 열리기 시작한다.

함박꽃이 향내 이전에 이미 열리듯, 내 속의 낯선 시인이

101

감성을 열고, 보이는 것 뒤에, 들리는 것 뒤에 숨어 있던 감각들을 일깨운다. 정원의 모든 떨림이나 작은 변화가 다가온다. 통성명도 나누지 않은 모든 나무와 벌레들, 그 존재들의 실체가 슬몃 드러난다. 그 작은 황홀함이 살갗을 간질인다. 온몸으로 그 향내가 오는 소리를, 소리 뒤에 숨은 흐름의 파장을 듣는다. 꾀꼬리가 남기고 간 노래 한 소절이, 줄 끊긴 연처럼 지붕 위에 가볍게 걸려 흔들리는 게 보인다. 그 휘날리는 연줄을 잡으려고 뜀박질로 달려온 어린 시절의 그 아이한테서 풍기는 땀 냄새가 싱싱하다. 까치발을 하고 아무리 높이 콩닥콩닥 뛰어올라도 손끝에 닿는 허공은 턱없이 멀어서 땀에 젖은 겨드랑이가 문득 서늘해진다. 바람이 휘이익 감각의 얼레를 쓰윽 쓱 감는다.

이제 시인이 잔디밭으로 걸어간다.

바람이 작은 파동을 일으키며 점점 투명해지면서 기억 까마득한 곳에서 들리는 잊어버렸던 허밍처럼 기억의 웅덩이를 휘감는다. 이상하다! 그런 기억이 전혀 없다. 문득, 바람이 몰래 다가와 풀어헤친 어린 시절, 기억의 머리채를 슬쩍 흩트린다. 정원의 아주 흐릿한 향내가 실눈을 뜨고 웃는다. 시인은 그걸 모른 체한다.

왜 모든 것들이 내숭을 떨까?

시인의 정감이 훌쩍 뛰어오른다. 앞산의, 바람이 재빨리 달려간 건넛산의 그 무심한 자태, 넓거나 좁은 골짜기, 바위의 절묘한 앉음새, 개울과 산모롱이가 다가온다. 그래, 아름다움만 있는 게 아니다. 안팎과 아래위, 그늘진 곳, 썩

어 가는 모든 것들도 허물어진다. 아니다. 썩어 가는 것들
이 맑아지고, 새롭게 태어나는 것들도 죽어 간다. 그것들
이 함께 절묘하게 어울린다. 풀벌레의 다리에 숭숭 돋은 털
이나 아래턱의 움직임이 고혹적蠱惑的이다. 그래, 이 끔찍
한 아름다움을 접시 위에 있는 세 마리 벌레의 모습인 '고蠱'
로 그렸으리라. 그럴 테지! 아무도 눈을 주지 않는 작은 풀
꽃의 꽃턱, 수술과 암술이 가지런하고 독특하게 대칭되는,
그 절묘한 모습과 빛깔에 어찌 환호하지 않으랴! 그게 시인
의 감성에 스며든다. 각기 다르게 당기거나 서로 밀치며 노
는 즐거운 몸짓이 생생하게 보인다.

　귀를 기울이지 않아도 들리지?

　작은 풀잎이 서로 부딪치고, 꽃술이 흔들리면서 내는 소
리, 솔잎끼리 부딪치며 소소소 하며 제 이름자를 흥얼거리
며 부르는 소리, 잔가지들이 줄기에서 벗어나 무한 허공으
로 곤두박질치며 내는 소리, 땅속에서 지렁이가 지렁지렁
하며 제 이름을 잊어버리지 않기 위해 부르며 기어가는 소
리도 들린다.

　그렇지! 가만히 귀를 기울이면 모든 사물들은 제 이름
을 부른다.

　뻐꾸기는 뻐꾹뻐꾹 부르고, 소쩍새는 소쩍소쩍 부른다.
소나무는 소소소 하고, 대(竹)는 온몸을 좀 거만하게 대대대
하며 부른다. 그 작고 미묘한 소리를 누가 처음 들었을까?
땅바닥에 귀를 대고 아련한 곳에서 굼벵이가 굼벵굼벵 하며
기어가는 소리를 들어 보았나? 시인은 제 이름을 불러 본

다. 너무 어색하다. 그렇지! 사람들의 이름은 부르는 이들을 위한 것임을 깨닫는다. 참이름이 뭘까? 밤에 잠들어 잠꼬대로 부르는 게 내 이름일까? 시인은 언제 제 이름을 부를까? 새가 나뭇가지 위에서, 지렁이나 굼벵이가 땅속에서 홀로 즐거울 적에 부르듯, 시인의 기쁨은 어데 있을까? 그것들이 우는 소리라고, 슬퍼하는 이들은 그렇게 들을 테지! 세상의 모든 것들은 언제나 기뻐하지만, 듣는 이들이 그걸 두려움이라 하겠거니! 새들이 온몸을 곤두세우고 쫑쫑 기잇깃, 풀풀 몸 흔들며 두려움을 허공에 던진다.

그 순간, 해가 구름 속으로 몸을 감춘다.

해그림자를 신호로 작은 새가 포르릉 날아가며 웃는다. 너는 어느 가지 위로 날아가니? 아무 대꾸도 하지 않는다. 별걸 다 묻네! 해는 구름을 걷고 나무 그늘을 더 짙게 만든다. 그늘에서 사는 썩은 잎과 썩은 흙을 좋아하는 벌레들! 맞아, 시인도 썩은 것을 좋아한다. 맛있게 썩은 젓갈이며, 적당히 썩은 술은 언제나 삶을 황홀하게 만든다.

그런데 그게 왜 슬퍼질까?

시인이 그림자한테 물어도 아무 대답도 듣지 못한다. 물음표는 언제나 도돌이표 오선지 위에서 맴돈다. 그 슬픔이 어느 곳에 고여 있다가 다시 기쁨의 샘물로 솟아나는지 누가 그것을 알까?

나무는 씨앗일 적에 물음표로 돋아나 느낌표로 자라난다.

계룡산 갑사 앞, 거의 모든 나무들이 머리는 땅에 박고 하늘을 향해 두 다리를 벌리고 있다. 그건 자신에게 던지는 물음이다. 그게 오랜 물음들이라고? 그런 물음은 새싹이 움트며 내뿜는 상큼한 냄새로, 둥지 사이를 재빠르게 지나간 들고양이 몸에서 나는 노릿한 냄새로도 드러난다. 높은 가지 사이로 보이는 푸른 하늘의 흰 구름도 물음표를 그린다. 문득 구름이 깨닫고 무릎을 칠 때면 소나기로 감탄한다. 그런 깨달음이 펑퍼짐한 바위 뒤로 사라지는 흰나비한테는 부질없다. 아아. 멀리서 불어온 바람결에 실린 강물의 상쾌한 냄새, 먼 보리밭 너머에서 들리는, 종달새가 두 발을 박차고 날아오르는 날갯짓 소리! 냄새와 소리와 눈의 감각이 그 구별을 허물고 하나가 된다. 그것이 봄바람에 함께 출렁인다.

시인이 가만히 눈을 감는다.

보라색 꽃 라일락과 흰 꽃 라일락이 기다렸다는 듯, 서로 다른 꽃향기를 풍기다가 다시 껴안는다. 다시 꾀꼬리 몇 마리 바람 타고 모과나무에 앉는다. 잠시 후, 부리를 쳐들고 힘찬 날갯짓을 하며 후두둑 날아간다. 그들의 날갯짓이 가르는 파동이 시인의 얼굴에 와 닿는다. 잎들도 저희들끼리 툭툭 몸짓으로 장난을 치고, 슬며시 지나는 검정 구름이 바람결에 빗방울을 후두둑 흩뿌려, 시인의 뒷목을 적신다. 다시 햇살이 정원에 가득 차 일렁거린다.

벌써 그렇게 되었나?

노을이 그 풍경들을 밀어낸다. 그래! 냄새도 밀어내고, 소리도 밀어내고, 바위의 찬 기운도 밀어낸다. 그때 잠깐 꿈에 든 모란이 잠을 깬다. 얼마나 지났을까? 서녘 하늘의 서늘한 노을이 이마에다, 붓을 들어 옅은 분홍빛을 쓱 문지른다.

아직 해가 한 뼘이나 남았다.

그런 풍경을 바람은 너무 좋아한다. 그걸 구경하려고 어깨를 밀치며 몰려온다. 아아, 어느 곳에서나 나는 냄새, 그 냄새에 담겨진 애틋한 사연, 슬프거나 놀라는 뒤틀린 분노! 그것들이 탁탁 끊기며 저음으로 변하는 신음도 듣는다. 샛길을 돌아가다가 돌부리를 걷어차고 주저앉아 핀 작은 민들레와 이름 모를 꽃씨들이 바람에 슬쩍 몸을 싣는 것도 보인다.

어디까지 날아갈까?

그곳에서 뿌리를 내리고, 언제쯤 노란 민들레꽃을 다시 피울 수 있을까? 그 비상과 안착이 헛되다면 누가 그 꽃씨의 슬픈 이야기를 전할 것인가? 아무한테도 말하지 않고, 아무도 듣지 않고, 아무한테도 보이지 않은 사물들의 그 숱한 마음들이 모여 바람이 되었다. 그래서 시인들은 언제나 바람을 온몸으로 느낀다. 누가 그 사연을 들어 주기라도 하면 억수로 하소연할 것이다. 시인은 바람 등을 타고 오는 그 작은 풀씨들의 환희를, 스러지는 그들의 절망을 가슴에 담는다.

바람은 그럴 것이다.

정처 없이 다니다가 너무 기쁜 소식에 으하하하 웃다가, 어느 슬픈 소식에 몸부림치며 엉엉 울 것이다. 세상의 많은 것들이 제 사연을 바람의 앙가슴에 마구 퍼 담았을 것이다. 어느 가난한 마을, 싸리나무 울 바깥에서 호롱을 끄고 흐느끼던 아낙네의 애잔하고도 슬픈 사연, 한 맺힌 늙은이의 절망적인 가난, 다리를 저는 장정의 피 맺힌 억울함, 애 잃은 어미의 슬픔도 흙담을 지나 골목을 굽이돌며 들었을 것이다. 그 애틋한 사연이나, 뜨거운 사랑이 내지르는 달콤한 신음 소리도 얼굴 붉히며 듣다가 차마 더 못 듣고 내뺀 적이 있을 것이다. 세상의 모든 속사정에 귀 기울이다가 버럭 화를 내며 돌개바람이 되어 휩쓸고 또 회오리쳤을 것이다.

행여 그 속마음을 아는 동무나 귀 밝은 시인과 만나면 함께 울며 어깨 부여잡았을 것이다. 때로 박장대소를 하며, 너무 기뻐 하늘로 솟구치다가 천둥 벽력으로 환호작약했을 것이다. 때로 가슴이 터질 것 같은 원한을 주체하지 못해, 높은 산, 바위 끝에 잠시 앉았다가도 가슴 탁 열고 있는 먼 바다를 보면 너무 반가워, 숨도 안 쉬고 달려갔을 것이다.

들어 본 적이 있나?

그 벅찬 파도 소리! 생명들이 내지른 죽음의 단말마, 환희의 찬가, 귓속에 늘어놓는 가슴 아픈 사연! 그것들이 뒤섞여 술렁거리는 외침! 소리꾼이 참을 수 없이 격한 대목에 이르러서는, 그 터질 듯한 정감을 더는 소리로 내지르지 못하고, 목에 굵은 핏대를 부풀리다가, 그만 숨이 턱턱 막혀, 가슴이 너무 아려, 이러지도 저러지도 못하듯, 그렇게 파도는 바위에 온몸을 부딪치며 제 몸을 으스러뜨린다. 밤이 되면 더 크게 내지르지도 못하고, 뒹굴며 내는 숨죽인 몸부림, 그립고 그리운 그 이름을 삭이느라 복장을 박박 긁는 그 처참한 정경! 새벽녘에도 잠 한숨 들지 못하다가 설핏 잠

들었다가 이를 갈며 몸부림 치며, 쏴아아, 츠르르, 으르렁, 파바박파파, 아으아흐, 호우우, 으흐흐 내지른다. 거친 바람도 파도와 함께 통곡하고 비명을 지르다가 함께 모래펄에 폭삭 주저앉는다. 새벽녘이 되면 몸을 겨우 가누고, 정색하고 시치미를 뚝 떼고, 분장을 지운 늙은 배우처럼 정원으로 되돌아온다.

시인이 내 속으로 걸어와 앉는다.

장자의 말을 기억한다고 속삭인다. 모르는 것은 몰라야 하고, 누가 나비 꿈을 꾸는지, 알려 들지 말라고 한다. 누가 시인인지, 시인이 누구인지 왜 알아야 하나? 내가 시인인지, 시인이 나인지 누가 알겠는가?

그렇다!

모른다는 걸 알고, 들리는 것 뒤에 있는, 보이는 것 뒤에 있는, 있는 것 뒤에 있는 없는 걸 알아챈 해는 안심하고 서녘 하늘로 진다. 이제 어둠이 오고, 모르는 모든 것들도 올 것이지! 그래 그것뿐이다. 그 새들도, 정원도, 고요도, 바람도 제가 좋아서 그럴 뿐!

나는 아침이 되면 다시 잡초를 뽑을 것이다.